Jack l'Éventreur

Erika Sanders

Synopsis

Tamara ne savait pas et ne saurait jamais ce qui s'était passé ensuite.

Tout ce dont elle se souviendrait, c'était le soudain éclair aveuglant d'argent dans la lumière, une sensation de brûlure dans sa gorge et sa tête relevée par les cheveux.

Et soudain, impossible de respirer.

Elle se débattit, essayant de desserrer sa prise, mais découvrit que ses bras ressemblaient à des poids de plomb et que sa concentration était floue...

Remarque sur l'auteure:

Erika Sanders est une écrivaine de renommée internationale, traduite dans plus de vingt langues, qui signe ses écrits les plus érotiques, loin de sa prose habituelle, de son nom de jeune fille.

Indice:

JACK L'ÉVENTREUR
ERIKA SANDERS

11

CHAPITRE I

Tamara était allongée en silence sous l'homme, fermant les yeux à la vue de son visage tordu et laid mais gardant ses jambes écartées aussi largement que possible. Elle ne pouvait pas se plaindre ; après tout, il était propre et avait pris un bain récemment donc son odeur n'était pas le problème. C'était son intestin. Elle n'aurait jamais dû décider d'emmener un gros homme au lit, mais 400 dollars, c'était trop pour la laisser passer. 400 dollars, à cru. Son intestin se pressait contre son abdomen et elle trouvait qu'il était presque impossible d'inspirer profondément et profondément. En plus de ça, son pubis frottait son clitoris à vif et ça devenait douloureux.

Finalement, il accéléra, la frottant comme si sa vie en dépendait et pilonna son trou déjà endolori jusqu'à ce qu'il jouisse. Il sursauta vers le haut à chaque éjaculation, lui faisant penser à une baleine sautant hors de l'eau et quatre giclées mouillées plus tard, il roula hors d'elle, tous deux à bout de souffle.

Il s'essuya le visage et la regarda. "Tu étais bon."

"Euh, merci." Elle s'assit et tapota son ventre haletant. "Ça te dérange si j'utilise ta salle de bain ?"

"Pas du tout. Fais vite. Ma femme reviendra d'un instant à l'autre."

Tamara se leva, serrant ses jambes étroitement ensemble pour empêcher son sperme aqueux de glisser. Elle a réussi à en garder la majeure partie jusqu'à ce qu'elle puisse s'asseoir sur les toilettes et utiliser ses muscles pour l'exprimer. Elle a utilisé quelques liasses de papier toilette pour nettoyer le gâchis, en tamponnant l'intérieur de ses jambes et en essayant de sécher la dentelle sur le haut de ses porte-jarretelles et de ses bas. Pas mal, pensa-t-elle. Elle tira la chasse d'eau et retourna dans la chambre d'hôtel, se demandant si elle avait une douche dans sa chambre. Il faudra peut-être en acheter sur le chemin du retour.

"Serez-vous dans l'Essex demain ?"

"Je ne sais pas. Peut-être." Tamara tendit la main et lui adressa son plus beau sourire lorsqu'il posa quatre billets de cent dollars sur sa paume. "Tu veux un autre rendez-vous ?"

"Ouais. Ne trouve pas trop de putes qui le font sans caoutchouc."

Putain. Elle détestait le mot mais il décrivait ce qu'elle était. Elle soupira et afficha son faux sourire. "Eh bien, viens me trouver quand tu seras prêt."

Le doux claquement de la porte qui se fermait derrière elle était réconfortant et Tamara se dirigea aussi vite que possible vers l'ascenseur. Elle croisa un couple plus âgé qui lui lança un regard méchant et elle tira inconsciemment sur l'ourlet haut de sa jupe plissée, sachant qu'elle n'allait pas couvrir les bas de poupée et les jarretières roses. L'ascenseur est venu et l'a sortie de leur misère et en quelques minutes, elle était de retour dans la rue, respirant l'air frais de New York.

Tamara vivait à New York depuis près de quatre ans et se prostituait depuis presque la même durée. Une rencontre fortuite dans un terminal de bus alors qu'elle s'était enfuie l'avait mise en relation avec Torrance. Il était toujours à la recherche de viande fraîche et son corps de seize ans lui convenait parfaitement. Une autre fille, Julieta, lui avait appris à jouer au jeu et en un rien de temps, Tamara gagnait de l'argent, dont la majeure partie était revendiquée par Torrance. Quand il a été abattu par un trafiquant de méthamphétamine furieux, elle s'est tournée vers Sellers, un autre proxénète qui tenait une meilleure écurie. Elle gagnait plus d'argent avec lui, mais il exigeait que toutes ses filles chevauchent des clients à cru. Au début, elle avait hésité, donnant des oraux gratuits et utilisant des préservatifs sur le côté, mais l'un des clients s'était plaint et un passage à tabac sévère l'avait fait changer d'avis à l'idée de le croiser à nouveau.

Elle descendit l'Essex et décida de reprendre l'allée jusqu'à l'appartement de Sellers. Ses pieds la tuaient et elle était énervée que Julieta ait pris ses vieux escarpins noirs sans rien demander. Putain de con ! Il faudrait qu'elle fasse mettre une meilleure serrure à sa porte. Les vendeurs s'en chargeraient probablement pour elle.

Une ombre se détacha d'une porte et elle se figea à mi-chemin.

"Bonsoir." La voix était basse et cultivée avec un accent anglais comme David Bowie. "Êtes-vous libre ce soir ?"

"Je ne suis pas libre mais je peux être acheté."

Il est entré dans la lumière et elle a souri, remerciant quiconque était à l'étage qu'il était grand, longiligne et beau.

"Combien ?"

"Ça dépend de ce que tu veux."

"Je veux que tu me suces la bite et que tu avales mon sperme."

« Pas de caoutchouc ? »

« Pas de caoutchouc. Quel est le coût ? »

"300 $." Il lui fit signe de le suivre et ils retournèrent dans la même alcôve faiblement éclairée d'où il était sorti. Il a immédiatement commencé à décompresser son pantalon. "L'argent d'abord, professeur."

Une fois qu'il a déboursé l'argent et qu'elle l'a vérifié et rangé dans son portefeuille, elle s'est agenouillée sur le sol sale, attendant qu'il ouvre son pantalon. Sa bite sortit, épaisse et dure et elle émit un son d'appréciation en l'attrapant.

"Belle bite. Tu es sûr que tu ne veux pas baiser ?"

« Ouais. J'en suis sûr.

Tamara ne savait pas et ne saurait jamais ce qui s'était passé ensuite. Tout ce dont elle se souviendrait, c'était le soudain éclair aveuglant d'argent dans la lumière, une sensation de brûlure dans sa gorge et sa tête relevée par les cheveux. Son sexe a disparu de la vue et tout à coup, il était impossible de respirer. Elle se débattit, essayant de desserrer sa prise, mais découvrit que ses bras ressemblaient à des poids de plomb et que sa concentration était floue.

Il se contenta de sourire et, utilisant ses cheveux, lui souleva la tête jusqu'à ce que sa queue effleure la large incision qu'il avait faite dans son cou. Son sang chaud et jaillissant recouvrait sa tige, rendant l'entrée lisse et veloutée. Parfait. Simplement parfait. Il poussa encore et encore, son corps tremblant alors qu'elle gargouillait et se débattait et il déchargea sa charge, juste au moment où elle rendait son dernier souffle.

Parfait. Il la jeta sur le côté comme une ordure qu'elle était et ferma son pantalon, appréciant la sensation de son sang visqueux coulant à travers ses poils pubiens et séchant sur ses testicules. Simplement parfait.

CHAPITRE II

La détective en chef Clarice Burton gara sa voiture banalisée au bord du ruban jaune de la police et sortit son bouclier, le glissant dans la poche de sa veste. L'officier nota son statut officiel et la laissa passer, regardant son cul rond s'éloigner alors qu'elle se dirigeait vers le groupe d'hommes en costume sombre, dont la plupart détournaient le regard à son approche. C'était en 2004 et le monde soudé des meilleurs détectives de New York excluait encore les femmes. Elle était considérée comme un être inférieur, même si elle avait le taux de résolution le plus élevé de l'arrondissement.

Pourtant, Clarice Burton n'avait pas survécu près de la mort aux mains d'un mari violent pour laisser quelques hommes avec de petites bites la bousculer. Son partenaire, Tony Acosta, lui fit un signe de tête respectueux, enfonçant ses mains dans ses poches et l'air contrarié.

"Salut les gars." Mario Andreotti et John Stevens murmurèrent des salutations, la regardant traverser leur cercle et se diriger vers le corps couvert de draps. Elle retira la couverture et examina la jeune femme, notant la profonde entaille dans son cou et la quantité de sang qui entourait son corps inanimé. "Alors qu'est-ce qu'on a ici ?"

Les hommes échangèrent un regard et Acosta quitta le cercle, s'agenouillant à côté d'elle tout en extrayant son carnet. "Elle s'appelle Tamara Williams, 20 ans. C'est une prostituée qui sort du site de Jamie Sellers. Elle a été trouvée par Patrick Miller, l'éboueur qui se tenait là-bas."

« Des témoins ?

"Personne."

« Est-ce qu'elle manque quelque chose ?

"Pas que nous puissions déterminer. Son sac à main est là-bas. Elle avait 700 $ en espèces, une lime à ongles, une carte de téléphone et une bouteille de vernis à ongles transparent."

« Pas de préservatifs ?

"Nan."

"Assurez-vous de prendre note pour dire au coroner de vérifier les maladies telles que le VIH / SIDA. Elle a l'air en assez bonne santé mais si elle fait des tours à cru, on ne sait jamais."

"Bien. Il y a autre chose que tu pourrais vouloir voir." Acosta enfila un gant, retourna la feuille et utilisa la pointe d'un vieux stylo à bille pour ouvrir la profonde entaille dans la gorge de la morte. « Vous voyez ça ?

Burton se pencha en avant, se concentrant sur un mélange blanc de soupe qui flottait au-dessus du sang coagulant comme la masse blanche que l'on trouve habituellement dans un blanc d'œuf. "Qu'est-ce que c'est?"

"C'est du sperme."

« Quoi ? Comment le sais-tu ? »

"Je ne suis pas sûr mais c'est ce que je pense." Il a déplacé le bord du stylo vers le bas, montrant à Burton une ligne blanche brillante à l'intérieur de la peau. "Je pense qu'il lui a tranché la gorge et baisé la blessure pendant qu'elle était mourante."

"Pouah!" Elle se leva, fléchissant les muscles endoloris de ses jambes alors qu'elle réfléchissait à ses paroles. "On dirait un putain de super pervers."

« Je dois être d'accord avec toi, Clarence. Eh bien, quelle est la prochaine étape ?

"Obtenez ce que vous pouvez de l'éboueur et supervisez son ramassage. Dites au médecin légiste que je veux savoir ce que cette substance est dans sa gorge tout de suite et si c'est du sperme, demandez-lui de l'envoyer à la dactylographie. Nous pourrions avoir de la chance et trouver quelqu'un dans la base de données."

"D'accord. Qu'est-ce que tu vas faire ?"

"Parlez à Jamie Sellers. Peut-être que je peux découvrir qui était son dernier client."

"Je ne pense pas que ce soit un client, Clarence. Je pense que quel que soit le type, il était indépendant."

"Je devrais être d'accord mais ça ne fait pas de mal d'essayer."

Burton a laissé son partenaire à ses amis du département et a jeté son œil méfiant sur les personnes rassemblées pour voir le cadavre. Il était bien connu que parfois le coupable revenait sur les lieux du crime pour le revivre ou pour se délecter de l'incompétence de la police. L'éboueur ne semblait pas déconcerté d'avoir découvert un cadavre et fumait joyeusement à la chaîne, parlant sur un téléphone portable. La seule personne qui attira son attention était un prêtre, debout au bord de la foule, ses lèvres bougeant alors qu'il récitait une prière silencieuse sur le corps.

« Content que quelqu'un lui donne une bénédiction. Se murmura-t-elle en retournant vers sa voiture. "Nous en avons tous besoin."

Prochain arrêt : Le Central.

* * *

Il prit une bière dans le frigo et s'assit dans son fauteuil préféré, reculant le fauteuil inclinable tout en mettant la télécommande en marche. La télévision s'est allumée et une publicité pour un magasin de meubles a fini de jouer juste avant le début des nouvelles du soir.

"Notre histoire principale, une femme a été retrouvée presque décapitée dans une ruelle du Lower East Side." dit la présentatrice. « Allons vivre avec notre journaliste sur les lieux. À ce stade, il se pencha en avant, son intérêt piqué. Alors que le journaliste décrivait le crime, il examinait les visages des personnes présentes sur les lieux. Il aimait les expressions craintives et parfois vides sur les visages des spectateurs. Son sexe durcit dans son pantalon et il déboutonna son bas de pyjama, lui donnant une longue et dure caresse.

"Le détective en chef dans cette affaire, le détective Clarice Burton, avait ceci à dire sur le meurtre." Il a examiné l'officier de police plantureuse et sa bite est devenue encore plus dure. Qu'elle était belle ! Tous ces cheveux rouge-or, ces yeux bleus, ces seins énormes ... Dieu, comme il aimerait pousser sa bite entre ces beautés et cracher sa charge sur son menton. Il se donna un autre coup dur, tendu par l'effort. Elle continua à parler de certains des détails du crime et son attention fut attirée par sa bouche, large et pulpeuse, au bout rose clair que les jeunes filles préféraient. Il était plus que capable de sucer sa bite. Il gémit, frottant plus fort maintenant, utilisant la magie de l'enregistreur vidéo pour revoir l'interview afin qu'il puisse voir sa bouche bouger encore et encore.

Un picotement à la base de sa colonne vertébrale signala sa libération et il jouit, sa semence se précipitant dans l'air, giclée après giclée atterrissant sur le velours brossé de la chaise et le velours bronzé du tapis en dessous. À bout de souffle, il activa à nouveau la télécommande et resta inerte, récupérant alors qu'il regardait le reste de l'interview. Il a été surpris de voir le prêtre interviewé ensuite, écoutant ses paroles bienveillantes parler de la préciosité de la vie et sa promesse de dire des prières pour la jeune femme.

Putain Dieu ! Il fulminait, se recroquevillant et buvant sa bière. Cette pute ne méritait pas de vivre, ne méritait pas de respirer. Si le prêtre voulait avoir des putains pour qui prier, il obtiendrait son souhait. Il obtiendrait certainement son souhait.

CHAPITRE III

Parler à Jamie Sellers n'avait servi à rien. Burton savait déjà qu'elle n'obtiendrait probablement rien de lui, mais elle était énervée que le proxénète n'abandonne pas le dernier client de Tamara pour l'interroger. Il n'a montré aucune réelle préoccupation pour le bien-être des autres femmes qui travaillaient pour lui, voulait juste savoir où elle avait été tuée afin qu'il puisse garder le reste des filles hors de la zone de peur d'être arrêtée.

Pour lui, Tamara était une ardoise qui avait été effacée, demandant seulement qu'on lui donne l'argent dans son portefeuille. Bien sûr, Burton avait refusé, disant que l'argent serait remis à sa famille, si possible et si aucune famille n'était retrouvée, la Police Officer Benevolent Association le recevrait. Bien sûr, Sellers n'était pas content. Il a claqué la porte après Burton, marmonnant à voix basse sur les "putains de cochons qui n'ont plus besoin d'argent pour les beignets".

Comme il se faisait tard, elle décida de prendre le dossier et de rentrer chez elle, d'ôter ses chaussures et de descendre à son bureau. Un grand tableau de liège occupait la majeure partie de l'espace dans la pièce minuscule et elle alluma les lumières, regardant le contenu du tableau. Des instantanés, des 8 x 10 et d'autres friandises jonchaient presque chaque centimètre de la surface, toutes des représentations visuelles de jeunes femmes qui avaient été brutalement assassinées dans son quartier depuis qu'elle était devenue policière. Burton ouvrit le dossier manille dans sa main et en sortit la photo de Tamara, la clouant dans un espace vide.

Ses yeux ont été attirés par un 4 X 8 d'une belle petite fille aux cheveux blonds et aux yeux bleus scintillants. Une telle beauté angélique avait été abattue par le même genre de main qui avait tué cette fille aujourd'hui : un homme en colère qui la considérait comme un outil sexuel et non comme un être humain. Tim fumait une cigarette en regardant la télévision quand Clarice avait trouvé le corps d'Angie dans son petit lit. Elle n'oublierait jamais la vue du sang qui striait l'intérieur de ses jambes et la pure innocence dans ses yeux aveugles.

Tim Burton était maintenant en prison, purgeant deux peines consécutives de vingt ans pour les abus d'Angie et la mort subséquente tandis que Clarice purgeait une peine à perpétuité dans sa prison pour culpabilité, le cœur de sa mère rempli de culpabilité d'échec. Elle déglutit contre la boule dans sa gorge, levant une main tremblante pour toucher les bords effilochés de la photo. Elle ne toucherait jamais la partie colorée de la photo ; cette petite photo et un ours en peluche étaient tout ce qui restait de sa fille.

Burton retira sa main et tourna les yeux vers Tamara. Elle était la fille de quelqu'un. Quelque part, elle avait eu un lit douillet et sûr pour dormir. Quelque part, elle avait célébré Noël et Pâques avec des personnes qui s'occupaient d'elle. Elle n'avait pas l'air dur d'une prostituée qui n'avait jamais vu d'attention et d'inquiétude. Quelque part, à un moment donné, elle avait connu l'amour.

« Pourquoi pas maintenant ? Qui est-ce que tu as rencontré et qui ne t'a pas montré d'amour ? Qui est-ce qui t'a laissé mourir dans ton propre sang ? Dis-moi, Tamara. Dis-moi qui c'était.

* * *

"Je ne veux pas y aller, Vendeurs, et vous ne pouvez pas m'y obliger !" cria Julieta en se retournant pour s'éloigner. Elle était épuisée de faire des travaux toute la journée, ses pieds lui faisaient mal et elle ne voulait pas aller faire ce travail de dernière minute qui l'attendait au coin de la rue. L'image des yeux ternes de la mort de Tamara et de son corps tordu était trop fraîche dans son esprit.

La prise en forme d'étau de Sellers sur son biceps coupa le sang de son bras et il siffla, ses dents alignées brillant dans la lumière. "Je peux te faire faire tout ce que je veux." Il la serra contre elle, s'approchant si près qu'elle trembla, malgré la bravade qu'elle tenta de faire. "Avez-vous besoin d'être rappelé ?"

"Non." Julieta se détesta lorsqu'elle cracha le mot rapidement, lui faisant savoir que son intimidation fonctionnait. "Mais je veux que tu viennes avec moi."

« Je ne vais pas te regarder baiser avec un garçon blanc ! Maintenant, allez-y. » Il la poussa légèrement vers l'homme qui attendait. "Et prenez l'argent d'abord !"

Julieta secoua ses cheveux ondulés, lissa sa robe et se dirigea vers l'homme, essayant d'avoir l'air sexy sans penser à la douleur de ses pieds. "Bonjour."

"Bonjour." Sa voix était douce, presque haletante et il détourna timidement le regard. "Tu es très belle."

« Merci. Vous aimez les femmes latines ?

"Les aime." Encore une fois essoufflé, mais avec un soupçon de... un accent ?

« Alors tu veux un rendez-vous ?

"Ouais. Je veux baiser tes seins."

"Comme ceux-ci, hein?" Julieta jeta un coup d'œil autour d'elle pour s'assurer que personne d'autre ne regardait et pressa sensuellement l'un de ses seins. "Ils sont réels. Tu veux en toucher un ?"

Il tendit timidement la main et attrapa un globe, soulevant son doux poids, puis le serrant. "Oh merde."

"Double D". Julieta a fièrement fourni. "300 $ et ils sont à vous."

"Est-ce que tu avales?"

"Ajoutez 200 $ de plus et je boirai chaque petit morceau que vous aurez à donner."

"Terminé."

En riant, elle le conduisit à un endroit derrière la benne à ordures et lui tendit la main, souriant quand il plaça des billets de cinq cents dollars dans sa main. "Merci." Avec ce peu d'affaires à l'écart, elle baissa son haut, le laissant frotter son visage contre eux avant de tomber à genoux, attendant à bout de souffle de voir sa queue. Il dézippa son pantalon et sortit sa bite, la frappant contre ses joues avant de la glisser entre ses seins. Julieta tenait ses seins ensemble, penchant la tête vers le bas et aspirant la tête dans sa bouche à chaque poussée.

Il gémit, attrapant ses épaules pour se stabiliser et pompant plus vite. Ça allait arriver bientôt, il le sentait. Ce picotement familier. Il siffla lorsque sa bite éclata, la fourrant dans sa bouche et la poussant aussi loin dans sa bouche qu'il le pouvait. Elle s'étouffa d'abord, puis déglutit, agrippant ses hanches pour ne pas s'étouffer une seconde fois. Quand il a finalement arrêté de jouir, elle a retiré sa bite de sa bouche et a remis sa chemise en place.

"A plus tard."

Julieta ne vit pas son bras s'enrouler autour de sa gorge mais elle entendit le craquement de sa trachée alors qu'il cédait à la force de ses muscles et de ses os. Et très vite, elle n'entendit plus rien d'autre.

CHAPITRE IV

Jim Blanch est sorti de l'école en même temps qu'il l'a toujours fait. Sa mère l'a noté alors qu'elle lui souhaitait la bienvenue et écoutait ses pas lourds alors qu'il montait les escaliers en trottinant. Elle a souri. Jim était un si bon garçon ; une aubaine après le divorce litigieux qu'elle avait dû endurer. Il obtiendrait son diplôme cette année, était un étudiant hétéro et adorait jouer au basket avec ses amis. Mieux encore, il nettoyait sa chambre sans demander et l'aidait chaque fois qu'elle en avait besoin.

En fait, elle avait besoin de lui demander de faire une faveur. Leur voisin, M. Greenwell, avait besoin d'une malle descendue de son grenier et Lorna avait proposé Jim pour le travail. Elle s'essuya les mains sur son tablier, rabattit ses rigatoni au poulet et descendit l'escalier.

« Jim ! Pouvez-vous venir ici, s'il vous plaît ? »

Lorna a attendu mais elle n'a pas reçu la réponse normale de sa part. Peut-être qu'il avait sa porte fermée ou qu'il écoutait de la musique. Depuis qu'elle lui avait acheté ce lecteur MP3, elle avait parfois dû monter les escaliers jusqu'à sa chambre pour attirer son attention. Elle soupira en montant les escaliers. Elle devrait le refaire et son oignon se plaignait.

« Merde ! Jim !

Elle monta les escaliers, privilégiant le pied blessé et se reposa sur le palier, grimaçant de douleur. Elle a entendu de la musique. Elle connaissait bien le groupe ; ces derniers temps, il était obsédé par Franz Ferdinand et jouait leur nouvel album encore et encore. Sous le rythme des tambours et le crissement des guitares, elle entendit autre chose. Quelque chose sans rythme ; quelque chose qui ne correspondait pas à la musique. Cela ressemblait à … des sommiers grinçants.

« Jim ? » Elle n'appelait plus aussi fort maintenant. Jim avait dix-huit ans et était en passe de devenir un homme et elle savait qu'il se masturbait de temps en temps sous la douche. Elle ne voulait pas le déranger si c'était le cas mais le sens particulier de sa mère lui disait que quelque chose n'allait pas. "Jim, j'ai besoin que tu me rendes un service."

Elle s'est rapprochée de plus en plus, la musique augmentant en volume et les sons augmentant en rapidité et en tonalité. Sa main tremblante atteignit la poignée de la porte et elle la saisit, lui donnant un tour facile. « Jim ? »

Le spectacle qui s'offrit à ses yeux en fut un que Lorna Blanch n'oublierait jamais. La chambre de son fils était dans son état habituel de désordre. Des affiches de Jennifer Garner et Jessica Alba ont été collées sur les murs avec des femmes animées à moitié nues. Et son fils était sur le lit, nu. Ses jambes fortes chevauchaient quelque chose, ses hanches fléchissaient et les muscles de son dos ondulaient. Lorna fit un petit pas de côté, ses yeux s'agrandissant. Sous le corps de son fils se trouvaient une paire de seins parfaits et il les tenait ensemble alors qu'il enfonçait sa bite entre eux.

cria Lorna Blanch.

* * *

"Êtes-vous sérieux?"

Burton et Acosta ont poussé les portes de la gare, se sont dirigés vers l'extérieur et ont descendu les escaliers en se dirigeant vers sa voiture.

"J'aimerais bien. Elle a appelé il y a cinq minutes et a dit que son fils était en train de baiser une paire de seins et de venir les chercher."

« Sommes-nous sûrs qu'ils appartiennent à Julieta Friars ?

"Non, mais je ne peux pas vraiment penser à quelqu'un d'autre à qui il manque une paire de seins, n'est-ce pas ?"

Il n'y eut plus de conversation jusqu'à ce qu'ils arrivent au brownstone, bourdonnant pour entrer. Lorna Blanch était entre la colère et le dégoût et son fils était évidemment le poids des deux.

« Mme Blanch ? Je suis l'inspecteur Burton. Voici l'inspecteur Acosta.

La femme leur serra vivement la main, son regard furieux revenant au jeune homme qui essayait de se faire plus petit dans le fauteuil. "Je lui ai appris mieux que ça. Il savait mieux que d'apporter cette sale chose dans la maison."

Acosta a osé une question, craignant de soulever davantage sa colère. "Mme Blanch, êtes-vous sûre qu'ils sont... réels ?"

"Oh, ils sont réels, d'accord." Elle a craqué avec colère, puis s'est tournée pour aboyer sur son fils. "Va leur montrer, Jim."

Le jeune homme ne parlait pas. Il les conduisit dans les escaliers de sa chambre et leur montra son lit. Une paire de seins parfaits reposait près de son oreiller, soigneusement sculptés et taillés pour la portabilité, un mamelon percé d'une barre avec une abeille pendante dessus. Burton a sorti un ensemble de gants de sa poche et a soigneusement examiné la chair.

"Ils sont à elle."

"Comment pouvez-vous dire ?"

Burton souleva le sein gauche et lui montra les lettres tatouées. Minuscule B.

"C'était son nom de rue." Elle enleva les gants d'un coup sec et se tourna vers le jeune homme. « Où les avez-vous trouvés ?

"Dans la benne à ordures." Il a bégayé. "En rentrant de l'école."

Burton s'arrêta pour réfléchir, attirant Acosta à ses côtés. "Nous ferions mieux de travailler vite. J'ai peur de ce qu'il va faire ensuite."

CHAPITRE V

Burton et Acosta ont fouillé la benne à ordures où Jim Blanch avait dit avoir trouvé les seins mais n'ont pas pu trouver d'autres éléments de preuve. Les seins appartenaient à Julieta ; ils s'intègrent parfaitement lorsque le médecin légiste les a insérés dans le trou soigneusement sculpté de son torse. Acosta a failli régurgiter ses escalopes de veau en sortant. Le Dr Arbitag rit si fort que la boule de Vicks sous son nez menaça de se jeter à travers la pièce.

"Celui-là devrait être aux Jeux olympiques. Probablement gagné quelques secondes sur le temps d'Usain Bolt."

"Arby, t'es un vrai bâtard, tu le sais ?" Clarice rit, l'aidant à remettre la partie du corps dans son sac séparé.

« Ouais, mais tu m'aimes. Il ferma le sac et le posa sur un chariot. "Eh bien, Clarice, je ne sais pas ce que je peux te dire mais nous n'avons trouvé aucune preuve utilisable pour toi."

« Et le sperme ?

"Nous l'avons tapé mais nous n'avons obtenu aucun résultat dans la base de données."

Burton a retiré ses gants en un claquement de doigts, appuyant sur le levier pour ouvrir la poubelle de déchets médicaux. "Je ne pariais pas vraiment là-dessus de toute façon. Vous savez, ils sont généralement loin du compte."

« Ouais, parfois. Arby se lava les mains, se retournant vers le détective. "Mais on ne sait jamais tant qu'on n'a pas essayé."

"Arby, vous avez vu beaucoup de cas. Je sais que vous n'êtes pas Michael Baden mais j'ai besoin de votre expertise." Elle s'arrêta, organisant ses pensées. "Il va encore tuer et ce sera bientôt. Julieta c'était hier. Tamara c'était deux jours plus tôt. Après minuit, on va avoir une autre morte sur les bras et le Maire va chier."

« Vous ne l'aimerez pas.

Burton rit, donnant rapidement à réfléchir. "Pouvez-vous me donner quelque chose pour continuer? Quelque chose de votre instinct?"

Arbitag s'est essuyé les mains et a commencé à arroser des morceaux de chair et de sang coagulé dans le drain sur une table voisine. Il la regarda un instant, puis relâcha le robinet du tuyau, mettant fin à l'écoulement de l'eau. "Il est fou. Ce n'est pas seulement quelqu'un d'intelligent, mais c'est aussi un malade mental. Son choix d'utiliser des prostituées comme cibles n'est pas une idée originale, mais son choix spécifique de prostituées qui n'utilisent pas de préservatifs l'est."

« Pas de préservatifs ?

"Le canal vaginal ou anal d'une femme qui utilise régulièrement un préservatif est très différent d'une femme qui ne le fait pas. Les stries musculaires sont beaucoup plus lisses et les muscles vaginaux des deux femmes ont montré qu'aucune n'avait récemment pratiqué des rapports sexuels protégés."

"Donc, ils étaient des spécialistes du bareback."

Arbitag hocha la tête, activant à nouveau l'eau et jetant les détritus dans les égouts. "Julieta avait le VIH."

« Et Tamara ?

"Chlamydia."

"Est-ce que c'est transmissible ?"

"Oui."

"Peut-il être traité?"

"La chlamydia peut être traitée, oui, mais ... eh bien, vous connaissez le VIH."

"Ouais." Clarice regarda dans l'épais sac mortuaire en plastique, les jolis traits de Julieta déformés par le tissu épais. "Alors les deux femmes étaient souillées mais il s'en fichait."

"Non. Nous avons trouvé du sperme dans la gorge de la première fille et j'en ai trouvé dans la bouche de Julieta quand je l'ai tamponnée. Les types étaient les mêmes."

"Mais pourquoi prendrait-il le temps de couper les seins de la femme et de les abandonner ensuite ? Je veux dire, il est évident par l'incision qu'il a pris le temps de faire du bon travail ..."

"Peut-être qu'il était pressé. Peut-être qu'il les a laissés là pour toi et Acosta et que ce gamin est tombé sur eux. Qui sait ? À ce stade, la raison pour laquelle il les a laissés n'est pas la question."

"Et le point est ?"

"Pourquoi était-il nécessaire qu'il tranche les femmes ? Il aurait pu s'en sortir sans les blesser mais il sentait qu'il devait les mutiler. Pourquoi cela ? Pourquoi la gorge et pourquoi les seins ? Pourquoi a-t-il choisi des femmes qui n'a pas utilisé de caoutchouc ?"

« Il faisait une déclaration. dit doucement Burton. "Une déclaration sur les prostituées qui n'utilisent pas de préservatifs. Des prostituées de mauvaise qualité, infectées et qui transmettent leur maladie au client. C'est comme Jack l'Éventreur..."

Le mot chuchoté par Arbitag était encore plus doux. "Bingo". Immédiatement, le cerveau de Burton s'est mis à travailler, retournant des pelletées de terre dans le jardin de son cerveau fertile à la recherche d'informations. Le médecin légiste a vérifié un plateau d'instruments stériles, s'assurant qu'ils étaient préparés pour la prochaine entrée. « Et quel genre de personne voudrait cibler des femmes comme ça ?

Encore une fois, le détective réfléchit à la question, pensant aux réponses possibles. La ville de New York était un endroit densément peuplé de toutes sortes de personnes qui voulaient que les Jézabels du VIH soient effacés de la surface de la planète. Arbitag s'est déplacé derrière elle, en plaçant une, puis une deuxième photo devant elle. La première photo était une foule prise sur la scène du crime de Tamara. Les prises de vue de la foule étaient standard et requises pour chaque scène de crime travaillée dans la ville. Sachant que la plupart des meurtriers étaient des êtres psychologiques, il y avait toujours une chance que la personne revienne sur les lieux pour se délecter de l'attention tout en cachant secrètement son identité.

Les yeux perçants de Clarice ont scanné la deuxième photo, une foule prise depuis la scène du crime de Julieta et n'ont pas réussi à trouver un lien. Arbitag sentit sa frustration et prenant un Sharpie noir dans la poche de sa veste, il fit deux cercles sur le papier photographique et sourit alors que le détective se penchait plus près.

"Le prêtre."

CHAPITRE VI

La femme était belle. Ses cheveux étaient d'une teinte savoureuse de blond fraise, coiffés avec goût dans un bonnet de boucles autour de son visage. Sa bouche invitante était bordée de rouge et ses seins pâles bombaient juste sous les bords du body en dentelle, le taquinant avec leurs hauts dodus aux taches de rousseur. Il avait envie de frotter son doigt le long de ces sommets enneigés mais il ne la connaissait pas encore assez bien.

"Aimeriez-vous prendre un verre ?"

Elle hocha négativement la tête et se rapprocha de lui sur le canapé, tournant son joli visage vers le sien. Il comprit l'allusion et se pencha, prenant sa bouche dans un doux baiser et enfonçant sa langue dans sa bouche. Elle était si soumise et il adorait ça. Il voulait être l'homme, lui montrer qu'il pouvait prendre soin d'elle et il voulait qu'elle le sache. L'embrassant toujours, il tendit la main et laissa sa main prendre l'un de ses seins, frottant son mamelon entre ses doigts.

« Tu aimes ça, n'est-ce pas ?

Il glissa la bretelle de sa combinaison sur son épaule, laissant ses doigts caresser sa peau douce. Son sein sortit, le mamelon doux et rose et il le lâcha, prenant le temps de sentir les différentes textures. Il passa du temps, faisant des allers-retours entre les deux mais son besoin était trop grand et il ne pouvait plus le combattre. Tandis que ses lèvres apprenaient la vallée entre ses seins, sa main se glissa vers le bas et se connecta à sa bite dure comme de la pierre, la pressant avant de la décompresser et de la relâcher.

« Donnez-lui une petite suce, voulez-vous ?

Ses lèvres s'ouvrirent et il poussa sa tête vers le bas, gémissant profondément alors qu'elle prenait toute sa longueur de six pouces dans sa bouche, la laissant toucher le fond de sa gorge. Elle était si bonne. Il ne pouvait jamais se lasser de la chaleur douce et humide de sa bouche et de sa langue flexible. Elle le frotta contre le dessous de son sexe, ciblant le petit paquet de nerfs juste au sud de la crête et le faisant trembler.

"Ouais, bébé. Juste comme ça. Prends-le. Prends-le tout."

Il voulait la baiser mais une fois qu'elle a commencé à lui sucer la bite, il savait qu'il ne durerait pas. Sa petite gorge formait un vide autour de sa tige et tout à coup, elle le serrait et le suçait en même temps. Il se pencha en arrière dans la chaise, gardant sa main sur l'arrière de sa tête alors que ses hanches poussaient vers le haut, forçant sa bite plus loin dans son gosier.

"Oh, ouais. Oh, putain, bébé, je vais jouir !"

Son jet de sperme était accompagné de son cri étranglé et son corps sursautait à chaque décharge, ses jambes raides et droites. Elle était si bonne. Elle a extrait jusqu'à la dernière goutte de lui, le laissant faible et rassasié, un sourire sur son visage. Le coup frappé à la porte de la sacristie effaça instantanément ce sourire et il bondit sur ses pieds.

« Révérend Perkins ?

"Je sors tout de suite."

Burton prit place sur l'un des bancs, jetant un coup d'œil à Acosta. « Qu'est-ce qu'il fout là-dedans ?

« Je ne sais pas. Tu donnes une bénédiction privée ?

La détective gloussa sombrement, jetant son regard autour de la petite église. Elle n'était pas allée à l'église depuis la mort d'Angie. Elle s'est dit qu'il n'y avait pas de Dieu s'il la laissait mourir comme ça. La porte de la sacristie s'ouvrit et le révérend Henry Perkins s'avança à grands pas, son uniforme immaculé. Il tendit la main à Acosta, puis se tourna vers elle alors qu'elle se levait.

"Désolé de t'avoir fait attendre. Je travaillais sur l'ordinateur."

"Un ordinateur dans une église. Le monde avance."

"Toujours, Inspecteur Burton. Les besoins de l'âme ne sont pas limités par la technologie." Perkins ricana comme s'il faisait une blague privée. "Comment puis-je vous aider?"

"Je voulais te poser quelques questions. Ça te dérange ?"

"Pas du tout."

"Bien." Burton regarda le ministre se détourner nerveusement d'elle, regardant son partenaire marcher autour de l'autel, examinant les articles sacrés de sa foi avec l'œil technique d'un policier qualifié. "J'ai remarqué que vous étiez sur la scène Williams. Je crois que vous avez dit une prière sur elle."

"Euh, oui." Perkins lui répondit, puis reporta son attention sur Acosta. Qu'est-ce qui vous rend nerveux, révérend ? "Je lui ai donné les derniers rites."

« Comment avez-vous su qu'elle était catholique ?

"Je ne l'ai pas fait. Je donne les derniers rites à tous ceux qui en ont besoin, quelle que soit leur foi."

« Ou son absence ?

Le révérend Perkins secoua la tête. « Nous recevons tous l'absolution si nous demandons pardon pour nos péchés. Pourquoi une prostituée devrait-elle être différente ? »

"C'est très aimable de votre part, Révérend Perkins. Est-ce pour cela que vous êtes venu sur la scène des Frères ?"

Elle capta la moindre trace de surprise sur son visage avant qu'il ne se reprenne. « La scène des Frères ?

Burton a sorti la photo du dossier qu'elle portait et l'a montrée à l'homme, observant attentivement sa réaction. "Oh, oui. J'étais en route pour une réunion de prière et il se trouve que je l'ai vue. Je lui ai également donné les derniers rites."

"Je vois." Elle a remplacé la photo. « Aviez-vous vu l'une ou l'autre des filles avant leur mort ?

"N-Non."

Un bégaiement. Pourquoi es-tu si nerveux ? "Êtes-vous sûr?"

"Oui, j'en suis sûr. Je le saurais." Perkins regarda à nouveau autour de lui, remarquant qu'Acosta avait disparu. « Où est M. Acosta ?

"Oh, il est probablement quelque part, très probablement dehors en train de fumer."

"S'il vous plaît excusez-moi."

« Révérend Perkins, je n'ai pas fini... »

Le bon révérend se dirigea vers la sacristie au pas de course avec le détective Burton juste derrière lui. Acosta était à l'intérieur de la petite pièce, examinant les certificats encadrés qui parsemaient les lambris. Il leva les yeux avec confusion lorsque Perkins se précipita.

"Oui monsieur?"

Les yeux de Perkins se tournèrent vers le placard dans le coin, remarquant que les portes étaient bien fermées. "Euh, c'est mon bureau privé, détective. J'apprécierais que vous veniez dehors."

Les yeux d'Acosta rencontrèrent ceux de Burton et il haussa les épaules. "Aucun problème."

Perkins ferma la porte derrière eux et se tourna vers les deux détectives. "Écoute, s'il n'y a plus de questions, je dois me préparer pour le service de demain soir."

L'inspecteur Burton lui serra la main. "Merci, Révérend Perkins. Nous vous contacterons si nous avons d'autres questions."

Les deux détectives quittèrent rapidement l'église, se dirigeant vers la Chevrolet non patrick garée au bord du trottoir. "Notre révérend Perkins est un homme intéressant."

"Qu'est-ce qui te fait dire ça?"

"Il a un ami dans le cabinet. Une poupée en caoutchouc réaliste."

"Une poupée?"

"Pas n'importe quelle poupée. Une poupée sexuelle." Acosta sortit un sac en plastique de sa poche. "Avec une gorgée de sperme, pourrais-je ajouter."

"Le révérend était en train de baiser une poupée quand nous avons frappé."

« Apparaît ainsi. Acosta sourit. « Que diriez-vous que nous fassions un arrêt rapide au bureau du médecin légiste ?

CHAPITRE VII

La nuit s'étendit doucement à travers la ville comme une tache noire de suie, noircissant l'horizon et bloquant les étoiles qu'elle savait être là. Avant leur mariage, Harry avait toujours commenté ses yeux, disant qu'il pouvait voir le ciel en eux. Ce soir, elle était arrivée tôt à la maison et l'avait trouvé en train de chercher le ciel dans le corps d'une blonde aux faux seins. Après onze ans de mariage, elle ne s'était jamais attendue à cela. Elle croyait au bonheur pour toujours, au prince charmant et à sa charmante princesse et en un seul coup de sa bite, son mari avait brisé ces rêves.

Et ainsi, Carla Parker s'est retrouvée dans le point d'eau local de leur communauté, entourée d'admirateurs qui lui ont acheté verre après verre, coup après coup, dépassant sa limite. Elle ne savait pas quand elle avait traversé cette frontière ; elle savait seulement qu'elle avait cessé de se soucier de son mari infidèle. Il était comme un objet étranger logé dans la bande de roulement de sa chaussure et elle l'a arraché sans effort et l'a jeté de côté.

"Excuse-moi." C'est sa voix qui a percé la brume alcoolique : polie et courtoise. « Puis-je vous acheter du café ?

Une tonalité et un cri ont résulté de son entrée soudaine dans la scène. "Salut, qui es-tu ?" "Nous l'avons vue en premier." "Dégage, putain d'enfoiré d'anglais !"

Elle les ignora et se tourna vers l'homme, lui adressant un sourire ivre. "Oui s'il vous plaît." Il lui prit la main et l'aida à descendre du tabouret du bar, la rattrapant gracieusement lorsque son talon se coinça dans le barreau et la fit basculer en avant. Les autres se moquaient de son ivresse, mais pas lui. Il la remit sur ses pieds et l'aida à s'asseoir, puis lui donna du café crémeux et sucré à la cuillère jusqu'à ce qu'elle puisse porter la tasse à ses lèvres.

"Mieux?"

"Oui, beaucoup. Merci." Le café essuya une partie du trouble et elle sourit au bel inconnu. "Merci de m'avoir secouru."

"Pas besion de me remercier." Son sourire était chaleureux et facile. « Écoute, mon appartement n'est pas loin d'ici. Pourquoi n'irions-nous pas là-bas ? Je peux te faire encore du café.

"Ça a l'air bien. Laisse-moi d'abord utiliser la salle de bain."

Pendant qu'elle était partie, il termina son café et attendit patiemment qu'elle sorte, remarquant que d'autres hommes l'observaient attentivement. Elle est sortie, s'essuyant les mains sur un carré de papier essuie-tout et a été attaquée par l'homme qui l'avait traité de « bâtard anglais ». Il ne savait pas ce qui lui arrivait mais en quelques secondes, il était une ombre grondant de lui-même, se jetant sur l'homme et le plaquant au sol. Les autres hommes qui l'avaient draguée se sont joints à la mêlée et peu de temps après, le barman appelait fiévreusement la police tandis que des chaises et des bouteilles volaient et que du sang coulait.

Près de trente-cinq minutes plus tard, Burton reçut l'appel de Stevens. "C'est une bagarre dans un bar appelé Sin City."

« J'en ai déjà entendu parler. Pourquoi m'appelles-tu à propos d'une bagarre ?

"Vous voudrez parler à la victime, Carla Parker. Elle dit qu'elle était sur le point de partir avec un homme quand la bagarre a éclaté. Un Anglais."

"Je suis en route."

Quand elle est arrivée, le barman disait bonne nuit au dernier des clients et n'était pas content de la voir. La femme était assise dans une banquette, un verre dans sa main tremblante et ses cheveux en un nuage ébouriffé autour de sa tête.

Stevens l'attendait, fixant le décolleté de son chemisier. "Elle s'appelle Carla Parker. Elle a trouvé son mari au lit avec une autre femme et a décidé de noyer sa colère. On dirait qu'elle s'est un peu trop enfoncée dans les tasses et a attiré l'attention de plusieurs hommes qui la voyaient comme une 'opportunité.'"

"Connard stupide." murmura Burton. "Pourquoi ne l'a-t-elle pas simplement jeté dehors ?"

"Je ne sais pas." Il s'arrêta sur le côté de la cabine. "Mme Parker, voici l'inspecteur Burton."

Parker leva les yeux, les yeux enfoncés et rouges. Elle a commencé à parler mais son visage s'est effondré et elle a avalé un peu d'alcool contre la promesse de nouvelles larmes. Stevens recula et Burton s'assit, tendit la main et tapota la main de la femme.

"Parlez-moi de lui, Mme Parker."

"Il avait l'air gentil, un gentleman."

« Comment as-tu su que c'était un gentleman ?

"Il avait un accent anglais."

Burton jeta un coup d'œil à Stevens et adressa à la femme un sourire d'encouragement. "Ce sont rares. Messieurs, je veux dire." Parker hocha la tête, prenant un autre verre. "Qu'est-ce qui t'a fait penser que c'était un gentleman ?"

"Il m'a offert du café alors que le reste de ces voyous voulaient que je boive plus. Il ne voulait pas profiter de moi comme les autres."

"C'était gentil de sa part. Tellement gentil d'un homme étrange de venir à votre secours, vous ne trouvez pas ?" Les mots du détective ont mis Parker mal à l'aise mais elle n'a rien dit. « Tu as dit que tu allais partir avec lui ?

"Oui, il m'a invité dans son appartement. Nous allions prendre un café."

"Je vois." Burton lança un regard noir à la femme. "Pouvez-vous me donner une description de lui ?"

"Grand, cheveux noirs, barbe, yeux marrons."

« Pourriez-vous l'identifier si vous le revoyiez ?

"Oui." Parker jeta un coup d'œil aux autres officiers, sa curiosité soudainement piquée. "Pourquoi êtes-vous si intéressé par un homme qui a commencé une bagarre?"

"Parce que, Mme Parker, vous avez de la chance d'être en vie. Votre gentleman anglais a assassiné deux femmes que nous connaissons et vous auriez pu être la numéro trois."

CHAPITRE VIII

Fury régnait dans ses veines. Il ne pouvait pas penser à la douleur poignardant son crâne et à la colère qui lui faisait bouillir le sang. Il l'avait. Elle mangeait dans ses mains et bientôt, elle aurait saigné sur le tranchant de son couteau. Putain de con ! Il se tamponna le front alors qu'il revenait vers l'avant du bar, incapable de s'empêcher de revenir sur les lieux. Et elle était là, cette détective con de la télé, assise en face de la femme. Il pouvait encore l'avoir. Maintenant, pour trouver un moyen de le faire ...

Le téléphone portable de Burton sonna et elle le mit en marche, quittant la cabine. « Burton ».

"Hé, c'est Acosta."

« Où étais-tu ? J'ai essayé de t'appeler cinq fois !

« Je suis descendu ici au labo. Tu m'as dit d'attendre les résultats, tu te souviens ?

« Ouais, mais tu ne peux pas répondre à ton téléphone ?

"J'ai eu une explication technique sur l'ADN ces deux dernières heures, Clarence. Mon cerveau est surchargé."

Burton a ri. « Alors, quelles nouvelles avez-vous pour moi ?

"C'est une coïncidence."

"Est-ce que vous plaisantez?"

"Non. Le sperme du prêtre est une coïncidence. Je suis en route pour la maison du juge pour obtenir le mandat d'arrêt."

Burton a digéré l'information tout en se tournant pour regarder Carla Parker. Quelque chose n'allait pas mais elle ne savait pas ce que c'était.

« Tu veux me rencontrer chez le juge Anderson ?

"Non, ce n'est pas nécessaire. Je peux m'occuper des choses à cette fin. Je t'appellerai quand j'aurai mis les choses en place et nous nous retrouverons pour l'accueillir."

"Très bien. Bon travail, Acosta."

"Merci, Clarence. A plus tard."

Elle ferma son téléphone et regarda la femme. Qu'est-ce que c'était ? Qu'est-ce qui la tracassait ? Burton haussa les épaules et se dirigea vers l'endroit où se tenait Stevens.

"Nous avons le gars."

« Quoi, le gars de ce soir ?

"Non. Le tueur. Je vous en parlerai plus tard. En ce moment, nous devons ramener Mme Parker à la maison et sortir d'ici."

"D'accord."

Parker leva les yeux quand elle arriva. "L'avez-vous attrapé?"

"Non, mais nous avons attrapé le tueur, donc tu es libre de partir."

« Vous ne pensez pas qu'il est le tueur ?

"Non. Nous avons des preuves irréfutables qui prouvent qu'il ne l'est pas, donc tu es en sécurité."

Les yeux de Carla se sont remplis de larmes. "Dieu merci."

"Le détective Stevens s'assurera que vous rentrez chez vous en toute sécurité."

"Ce n'est pas nécessaire. Je ne rentre pas chez moi. Je vais juste aller dans un hôtel en bas de la rue."

"Néanmoins, le détective peut vous conduire à l'hôtel."

Parker se leva, finissant son verre et récupérant son sac à main. "Merci quand même, mais je vais marcher. J'ai besoin d'air frais, si vous voyez ce que je veux dire."

"Mme Parker, je n'ai pas besoin de vous dire que c'est dangereux de marcher à cette heure de la nuit."

"Je ferai attention." Elle trébucha jusqu'à la porte, se redressant en saisissant la poignée de la porte. "Merci pour ton aide."

Les détectives la regardèrent partir, secouant tous les deux la tête face à sa stupidité. Stevens a tapé Burton dans le dos. "Ce n'est pas ta faute, Clarence. C'est une adulte."

« Ne pourrions-nous pas l'arrêter pour ivresse et désordre ?

"Pas vraiment. Ce serait soit rejeté pour un détail technique, soit nous serions poursuivis en justice." Il sourit. "Ou connaître notre chance, les deux."

Elle rit en hochant la tête. « Tu as raison. Eh bien, allons-y et je te parlerai du prêtre en chemin.

* * *

Carla fredonnait en marchant dans la rue. Elle aimait New York à cette heure de la nuit. La vapeur qui montait des égouts, les reflets des enseignes au néon dans les flaques d'eau argentées sombres, les bruits des conducteurs impatients et l'odeur des gaz d'échappement se sont combinés pour faire de la ville un endroit magique où se retirer lorsque le soleil se retirait du ciel. Être en état d'ébriété n'a pas non plus enlevé l'expérience. Cela augmentait tout et elle se sentait certainement « augmentée ».

Putain Harry ! Elle rit et sautilla joyeusement, se souvenant de l'attention qu'elle avait reçue ce soir. Tu vois, Harry ? Vous n'êtes pas le seul à pouvoir attirer quelqu'un d'autre ! Alors qu'elle approchait du coin, elle le vit se tenir là, un sourire sur le visage et elle courut vers lui, se jetant dans ses bras. "Où avez-vous disparu ?"

"Je suis parti par la porte de derrière. Je ne suis pas vraiment un combattant."

Elle toucha le renflement de sa tempe droite et il grimaça. "Oh je suis désolé."

« Tu veux toujours ce café ?

Elle remarqua l'étincelle dans ses yeux et sourit. « Tu veux dire, dans ton appartement ?

"Oui."

« Non. Mais je vais boire un verre.

"D'accord, allons-y."

Elle le laissa montrer la voie, trébuchant et riant comme il les manœuvrait dans les rues et les ruelles. Finalement, il s'arrêta dans une ruelle sombre, la poussant contre le mur et l'embrassant dans le cou. "J'espère que ça ne te dérange pas un coup rapide. Tu es si belle que je ne peux pas m'en empêcher."

"Non." dit-elle à bout de souffle. "Ça ne me dérange pas." Ses lèvres rugueuses la rendaient folle, mordillant la chair sensible de son cou et la faisant trembler. Quand ses mains descendirent jusqu'à sa taille, remontant l'ourlet de sa robe, elle ne protesta pas. Son corps était affamé, avide de l'attention d'un homme qui appréciait manifestement sa compagnie. Va te faire foutre, Harry. Ses doigts arrachèrent la culotte de son corps et elle ouvrit ses jambes par anticipation. "Oh oui." Murmura-t-elle, sa chatte picotant. "Baise-moi."

Les mots se terminèrent par un cri étranglé, son corps empalé sur les ciseaux de couturière extra larges qu'il avait enfoncés dans son vagin. Du sang, épais et chaud, couvrait sa main et il s'arrêta pour la renifler avant d'enfoncer sa bite douloureuse dans ses torrents pulsants. Elle essaya de le griffer mais il tenait facilement ses poignets d'une main tandis que l'autre gardait ses hanches proches. Bientôt, ses luttes s'affaiblirent, ses yeux papillonnèrent et il s'enfonça plus violemment en elle, son sang chaud et velouté lubrifiant son canal.

Alors que Carla Parker rendait son dernier souffle, il explosa en elle, sa bite s'épaississant à chaque impulsion de sperme qui éclaboussait ses entrailles et se mêlait au sang riche. C'était encore mieux, pensa-t-il, laissant sa queue glisser hors d'elle et utilisant sa robe pour essuyer une partie du sang. Maintenant, pour laisser un message à cette femme détective : un message qui lui ferait savoir qu'il ne fallait pas se moquer de lui.

Un message pour lui faire savoir qu'elle était la prochaine.

CHAPITRE IX

Le révérend Perkins parut assez surpris lorsqu'une petite armée des meilleurs de New York se présenta à la porte de l'église. L'arrestation s'est déroulée sans accroc et Burton, Acosta et Stevens sont restés avec les autres officiers, fouillant les lieux à la recherche d'éléments de preuve supplémentaires.

« Clarence ! » L'appel d'Acosta l'a amenée à courir et elle et Stevens sont entrés dans la sacristie, se dirigeant vers le petit appartement du ministre. Son partenaire se tenait de l'autre côté de la pièce, pointant le bas de l'armoire ; le même meuble qui abritait la poupée sexuelle en caoutchouc de Perkins. Un liquide sombre coulait régulièrement de sous la porte, coulant en ruisseaux sur le sol en ciment et s'infiltrant dans un petit tapis délabré.

Stevens s'approcha de la porte, utilisant son mouchoir pour saisir l'une des poignées de la porte et l'ouvrit lentement. À l'intérieur, à côté du torse en caoutchouc, se trouvait le torse d'une femme, un spectacle qui fit sursauter toutes les personnes présentes.

"Jésus-Christ ! C'est Carla Parker !"

Burton se rapprocha, les yeux rivés sur le visage de la femme. Son expression était celle de la désolation, du renoncement à sa vie et cela secoua la détective jusqu'au fond de son âme. Le regard dans ses yeux... « Clarence. Clarence, tu vas bien ?

"O-Oui." Elle reprit son mode professionnel, toujours secouée. "Je vais bien."

Acosta s'avança derrière elle, sa voix basse et timorée. « Clarice, elle te ressemble. Pour la première fois, l'inspecteur Burton fixa le corps, vraiment. Carla Parker était brune, mais ses cheveux étaient blonds. Une perruque avait été placée sur sa tête. "Et regarde, sur sa poitrine." Épinglé à travers le tissu adipeux du sein de Carla Parker se trouvait un badge de police. Son numéro de badge, 5803, avait été écrit sur une bande de ruban antiseptique et attaché dessus. Stevens et Acosta la fixèrent pendant un long moment, aucun des deux ne voulant faire de commentaire.

"C'était lui."

"Quoi ?" cria Acosta.

"C'était lui. Notre Anglais."

"Qu'est-ce que tu dis ? Comment cela pourrait-il être lui alors que nous avons des preuves sur Perkins ?"

"Je ne sais pas comment l'expliquer, Stevens. Je le sais juste. C'est un message pour moi."

« Pourquoi à vous ? »

"Il a dû revenir au bar. Il a dû me voir avec elle et a décidé que je la lui gardais." Burton ne pouvait pas arracher ses yeux des yeux vides de Carla Parker. "Il me dit qu'il vient pour moi ensuite."

« Mais qu'en est-il du révérend Perkins ?

"Il est innocent."

Acosta s'avança devant elle. « Qu'est-ce que tu fais ? Nous avons ce connard complètement mort ! »

"Est-ce que nous ?"

Il regarda Stevens qui la regardait également. "Qu'est-ce que c'est que ça ?"

"C'est un faux-fuyant, mis en scène pour notre bénéfice et pour impliquer Perkins. Perkins n'est pas le tueur." Elle se tourna pour quitter la pièce, lançant des mots par-dessus son épaule, "Il m'attend là-bas."

* * *

Il mit deux quarts dans la machine et glissa le journal sous son bras. Son appartement n'était qu'à quelques pâtés de maisons et c'était une partie nécessaire de sa routine quotidienne, sa façon de maintenir un lien avec le monde réel. Il consulta sa montre et accéléra le pas. Près de six heures.

L'heure des nouvelles. Il est temps de savoir si ce détective a reçu son message.

L'émission Breaking News a commencé à 5 h 59 et il s'est installé dans son fauteuil inclinable, un journal sur ses genoux et une bière à la main. "Bonsoir. Nous commençons par les dernières nouvelles de St. Peter's dans le Lower East Side. Le révérend Henry Perkins a été arrêté pour le meurtre de Tamara Williams, de Julieta Friars et de la dernière victime, la réceptionniste de 38 ans, Carla Parker.

Mme Parker avait été impliquée dans une bagarre plus tôt au Sin City Bar mais avait réussi à s'échapper sans blessure. Une fois la police partie, Mme Parker est partie toute seule, bien que la police lui ait offert un transport et a été agressée et assassinée sur Canal Street."

Il écouta attentivement le diffuseur, pesant chaque mot et cherchant un aperçu de cette garce, l'inspecteur Burton. Il se demanda si elle serait assez courageuse pour lui faire face. Finalement. Ce qu'il avait attendu. La salope de flic aux gros seins est apparue à l'écran.

« Pouvez-vous nous en dire plus sur cette enquête ?

Les yeux de la femme ont quitté le visage de la journaliste et se sont tournés vers l'objectif de la caméra. "L'enquête n'est pas terminée. Nous avons arrêté une personne d'intérêt mais je ne crois pas personnellement que cette personne soit l'auteur. Je crois qu'il est toujours là-bas, attendant de frapper à nouveau."

Burton a regardé la caméra, ignorant les chuchotements de colère de Stevens, qui se tenait juste derrière elle. "J'ai eu ton message. Je t'attends."

Le journaliste s'est détourné d'elle pour terminer le segment de diffusion et Stevens l'a attrapée par les épaules, la faisant tourner. "Qu'est-ce que tu fais?"

"J'essaie de trouver le meurtrier, John. Il est temps de jouer son jeu."

CHAPITRE X

Clarice Burton se tenait devant le miroir et vérifiait attentivement son reflet. Pendant des années, elle a caché sa féminité sous son uniforme, derrière un insigne qui l'assimilait à tous ceux qui la victimiseraient au nom de cette féminité. Et c'était bien. Elle s'est déplacée dans les cercles du département, apparemment inconsciente des chuchotements qui l'ont suivie lorsqu'elle est entrée dans la salle d'équipe, mais toujours douloureusement consciente que peu importe ses efforts, elle serait toujours considérée comme une fille rousse aux seins énormes.

Le passage au rang de détective avait été une obsession. Elle travaillait dur, lisait et étudiait quand les gars faisaient la fête ou jouaient au poker et le travail acharné a payé. Elle a dû quitter la lie du bureau, montant jusqu'à la lie des détectives. Sa capacité innée à détecter les preuves a gardé sa tête et ses épaules au-dessus de la foule et très vite, elle a été distinguée pour ses capacités extraordinaires. Maintenant, elle pouvait commander sa propre voie et avait eu la chance de se connecter avec Acosta comme partenaire. Il faisait toujours partie de la population qui détestait l'afflux de femmes dans les rangs des détectives, mais il a gardé la bouche fermée et a fait son travail.

Elle ne se reconnaissait pas. Cette personne, debout devant le miroir... c'était la personne qu'elle avait été il y a toutes ces années. La mère d'Angie. Une femme qui aimait être une femme. Une femme qui aimait être touchée et embrassée. Une femme qui appréciait un corps d'homme à côté du sien, devenant un sous le murmure des draps en coton. Le simple fait de voir son propre corps tout en courbes dans la robe lui fit soudainement manquer l'intimité du toucher d'un autre et elle se retrouva à se demander pourquoi elle faisait vraiment ça. Voulait-elle attraper le tueur ou faire l'expérience du sexe ?

L'horloge du hall sonna minuit et elle resta figée devant le tableau, son cœur battant dans ses oreilles. Ses yeux parcouraient les visages, s'arrêtant quelques secondes pour leur rendre hommage. Elle faisait cela pour eux, pour chacune de ces pauvres âmes qui avaient perdu la vie à cause de gens comme l'Anglais. En l'appréhendant, elle leur accorderait une mesure de paix et peut-être aussi à elle-même. C'était le moment d'y aller. Donne moi de la force.

Elle verrouilla la porte, vérifia que son badge et son arme étaient dans son sac à main et se glissa dans la voiture banalisée qu'elle avait ramenée à la maison. Ses poils hérissés se levèrent immédiatement mais elle n'eut pas le temps de sortir l'arme de son sac à main. Calmement, posément, elle inséra la clé dans le contact et dit : « Bonjour, Jack.

"Bonjour, inspecteur Burton." Il s'assit sur le siège arrière, gardant le canon du pistolet appuyé contre l'arrière de sa tête et s'assurant de rester dans l'ombre. "Tu es ravissante ce soir."

Ses yeux rencontrèrent les siens dans le rétroviseur. "Je me suis habillé comme ça pour toi."

"As-tu vraiment?" Sa voix rauque lui fit frissonner. « Es-tu en train de dire que tu veux jouer avec moi ?

"Oui, Jack. Je veux jouer avec toi."

Il s'approcha si près qu'elle put sentir son souffle chaud sur son cou. "Savez-vous ce que cela signifie?"

Clarice sentit un début de tremblement au fond de son estomac et ne put rien faire pour l'arrêter. Elle savait exactement ce qu'elle voulait dire et si elle ne gagnait pas ce jeu, le résultat serait sa mort. "Oui," dit-elle doucement. "Je sais ce que ça veut dire."

"Vous pourriez vous révéler mon meilleur chef-d'œuvre à ce jour, Clarice. Une femme si courageuse pour affronter la mort."

« Vous ne me tuerez pas, Jack.

« Je ne le ferai pas ? »

"Tu préfères me baiser."

Sa main se referma soudainement sur sa gorge, chassant l'air de ses poumons. "Je peux faire les deux, détective. Ne me provoquez pas. Vous pourriez ne pas trouver l'expérience aussi excitante si vous le faites."

Elle voulait répondre mais n'avait pas le souffle pour le faire. Au lieu de cela, elle hocha la tête et sa main partit aussi vite qu'elle était apparue et elle haleta. "Je suis désolé, Jack. Je ne voulais pas te mettre en colère. Je voulais juste te faire savoir que je m'offrais pleinement et complètement pour ton plaisir."

« Tu n'as pas à me proposer. Je prendrai ce que je veux.

Son esprit essaya de travailler rapidement. Il était en colère maintenant, quelque chose qu'elle n'avait pas voulu. "Je suis désolé, Jack."

Il s'assit. « C'est comme ça que j'aime une femme. Soumise. Connaissez-vous votre place, inspecteur Burton ?

"Oui." Elle a répondu sans hésitation. "Ma place est sous toi."

Il sourit dans l'obscurité, sa queue durcissant à sa réponse. Cela allait sûrement être la meilleure nuit de sa vie. "Vous avez tellement raison, détective. Maintenant, démarrez la voiture et je vous dirai où aller."

Les mains tremblantes, l'inspectrice Clarice Burton démarra la voiture, la laissa tomber dans l'allée et se dirigea vers l'obscurité, ne sachant pas si elle rentrerait vivante chez elle.

CHAPITRE XI

Elle ne savait pas comment elle avait fait mais d'une manière ou d'une autre, elle a réussi à diriger la voiture, en suivant les instructions qu'il avait données. Quelques fois, au passage de voitures de police, elle a pensé à leur faire signe et s'est demandé à quoi pensaient Acosta et Stevens, s'ils étaient retournés chez elle pour la retrouver alors qu'elle ne s'était pas présentée. Espérons qu'ils la cherchaient en ce moment mais elle n'avait aucun espoir qu'ils la trouvent. Les instructions que Jack lui avait données les avaient conduits hors de la ville, hors de la portée que les détectives allaient rechercher et d'une manière ou d'une autre, elle savait qu'il en était conscient. Finalement, il la dirigea vers une allée et lui ordonna de garer la voiture.

"Nous sommes là, précieux." Sa voix rocailleuse souffla dans son oreille alors qu'elle coupait le moteur. "Pourquoi n'irions-nous pas à l'intérieur où il fait plus chaud ?"

"D'accord." Elle tendit la main vers la poignée de la porte mais sa main sur son épaule l'arrêta.

"Attendez. Bandez-vous d'abord les yeux. Fermez les yeux."

Elle fit ce qu'il demandait, tremblant encore plus quand elle entendit la porte arrière de la voiture s'ouvrir. Le changement de vitesse dans la voiture l'a alertée du fait qu'il avait quitté le siège arrière et de l'air frais l'a balayée alors qu'il ouvrait sa portière. Un morceau de tissu doux avec des œilletons a été placé sur son visage et quand elle a ouvert les yeux, elle ne pouvait rien voir. Sa main couvrit la sienne et elle frissonna à la sensation de sa peau rugueuse.

« Prêt, détective ?

Burton ne faisait pas confiance à sa voix, elle était si effrayée qu'elle hocha simplement la tête et abandonna complètement son contrôle. Elle était engourdie ; elle ne pouvait rien sentir à part l'endroit où sa main touchait la sienne et chaque pas envoyait des chocs dans son corps, la ramenant constamment à la réalité. Elle sentit une montée dans le chemin, puis des marches, puis un long couloir après avoir franchi la porte d'entrée. Leur mouvement vers l'avant ralentit et elle se sentit manœuvrée autour de quelque chose, puis doucement poussée vers l'arrière. Quand elle a rebondi, elle a su qu'elle était assise sur un lit et son cœur s'est emballé dans sa gorge.

"Bienvenue chez moi, inspecteur."

« Merci. Puis-je enlever le bandeau ?

"Non. Je veux que tu les gardes jusqu'à ce que je décide comment ce soir va se terminer."

"Assez juste."

Burton essaya de respirer profondément, espérant que cela l'aiderait à garder sa peur à distance, mais elle savait qu'il pouvait dire qu'elle était pétrifiée. "Tu es différent de ce que je pensais." Il commença, ses mains caressant ses épaules. "Je m'attendais à une femme dure mais tu es tout sauf dur."

« Pourquoi as-tu pensé que je serais dur ? Elle détestait le tremblement dans sa voix mais la chaleur de ses mains à travers le tissu fin de la robe l'atteignait.

Et il le savait. "Il faudrait être dur pour être un détective d'homicide." Ses mains descendirent le long de ses bras, lui donnant la chair de poule dans leur sillage. « À quand remonte la dernière fois qu'un homme t'a touché comme ça ? Quand elle n'offrit aucune réponse, il continua, se penchant près de son oreille. « À quand remonte la dernière fois qu'un homme t'a dit que tu étais spectaculaire ? Ses doigts descendirent, effleurant ses mamelons qui la firent haleter. « À quand remonte la dernière fois qu'un homme t'a donné une bonne et dure baise ?

Clarice ne pouvait pas parler. À quand remonte la dernière fois qu'elle a eu une bonne baise hard ? Oubliez la merde, c'était quand la dernière fois qu'elle avait été embrassée ? Le fait qu'elle ne puisse pas répondre était un signe révélateur. "Un long moment." Elle répondit doucement.

« Une belle femme comme toi ? Il s'est rapproché. "Je suis sûr qu'il y a des centaines d'hommes là-bas qui te veulent, alors pourquoi es-tu seul?"

"Je suis policier. Je n'ai pas le temps..."

« Pour les relations ? Il rit. "J'ai entendu ça avant. Les belles femmes n'ont jamais eu de temps pour moi, surtout ces putains." Ses mains caressèrent ses seins, les prenant en coupe et encerclant ses mamelons à travers le tissu. "Enlève ta robe."

Elle a commencé à dire quelque chose mais a changé d'avis. Lentement, elle se leva, décrochant la partie licou de la robe et la laissant tomber de ses seins. Elle était sur le point d'abaisser le reste de la robe lorsque ses lèvres attaquèrent ses mamelons, les léchant et les suçant jusqu'à ce qu'ils atteignent des points douloureux. Clarice haletait, adorant chaque coup de langue et succion qu'il lui donnait. C'était si bon d'être ravie qu'elle oublia le danger et ne pensa qu'à ses mains chaudes sur son corps.

« Je veux te baiser, détective. Tu es prêt à jouer à mon jeu ?

Son corps tremblant à cause de son attention, elle poussa sa robe jusqu'en bas, écartant ses épaules. "Oui, Jack. Jouons.

CHAPITRE XII

Burton avait toujours peur. Elle se tenait nue et les yeux bandés, attendant son ordre comme seul un esclave désireux pouvait le faire. Chaque nerf était à bout. Tous les cheveux étaient debout. Chaque fibre d'elle tremblait, chaque instant attendant sa parole.

"Je joue dur, détective. Pouvez-vous gérer ça?"

« Je peux gérer bien plus que tu ne le penses, Jack.

"Vraiment?" Un léger ton d'incrédulité espiègle colora ses paroles et elle serra les dents contre le tremblement de peur qui la traversait. Il respira délibérément contre son cou, la chaleur la faisant frissonner. "Je peux penser à beaucoup de choses à faire pour ton beau corps."

"Je parie que tu peux." dit-elle doucement. « Mais pourquoi ne me laisses-tu pas t'entretenir ?

« Pourquoi ? C'est un travail de pute. Son ton passa d'enjoué à colérique en quelques secondes, quelque chose qui l'effraya. « Dois-je te traiter comme ces putains ?

"Non." dit rapidement Burton. "Je suis désolé, Jack." Elle tomba à genoux, abaissant son menton sur sa poitrine. "Veuillez acceptez mes excuses."

"J'accepte vos excuses." Elle sentit sa botte sur son dos, la poussant en avant sur sa poitrine. « Mais si ça se reproduit, je te tue. Tu comprends ?

"Oui, Jack."

"Bien. Je déteste les femmes qui pensent qu'elles peuvent me surpasser. C'est impossible."

"Oui, Jack."

"Lèche ma botte." Clarice se pencha, sachant que son pied était sous son visage et lui tira la langue, goûtant une combinaison de terre et de sel de la route. Le goût était affreux mais elle essaya de ne pas le montrer parce qu'elle était sûre qu'il regardait. "Bien. Maintenant, lève-toi."

Elle se leva lentement, son corps tremblant toujours. Alors même que ses mains venaient autour de son corps, ciblant ses seins lourds, elle savait que la douceur de son toucher était un mensonge. La caresse agréable s'est transformée en une litanie de douleur, Patricked par ses cris. Ses doigts pincèrent si fort la chair tendre de sa poitrine qu'elle sut qu'elle aurait des ecchymoses presque immédiatement. Elle a combattu l'envie de le combattre; elle savait que c'était ce qu'il voulait. Ensuite, la torture s'aggraverait. Ses doigts ont trouvé de nouvelles cibles et Burton s'est presque évanouie de la douleur d'avoir ses mamelons tordus.

Tout à coup, il s'arrêta, laissant son souffle chaud tomber en cascade sur son cou. « Vous êtes plutôt coriace, inspecteur. Elle ne parlait pas parce qu'elle essayait si fort de ne pas pleurer mais elle savait qu'il savait de toute façon. Il attrapa sa main et la conduisit dans un long couloir, puis l'aida à descendre une série de marches. "Voyons comment tu aimes ça."

Au moment où elle sentit la bande de cuir lisse sur son poignet, elle sut qu'elle avait des ennuis. Elle a essayé de se battre mais il était beaucoup plus fort, la forçant dans le cadre, attachant d'abord un poignet, puis l'autre. Elle essaya de lui donner un coup de pied, mais il lui attrapa la jambe et l'enfonça facilement dans une pince en cuir, y insérant également l'autre cheville. Maintenant, elle était complètement à sa merci.

« Vous étiez une si bonne fille, détective. C'est dommage que vous deviez être puni.

"Non!" Burton agita ses bras, essayant de trouver un appui dans le cuir et n'en trouvant aucun. Le cadre bougea et tourna, la retournant pour qu'elle pende en avant et un claquement impétueux derrière elle alimenta ses pires peurs.

"Oui!"

Le fouet attrapa le centre de son dos et elle haleta à la douleur tranchante qui parcourait son corps. Le fouet tomba encore et encore, la faisant crier à chaque fois mais il sortit comme un gémissement. Dix coups de fouet plus tard, elle était une masse de chair sanglotante, secouant ses mains et essayant toujours de se libérer.

"Lâche-moi, espèce de merde !"

"Aw, qu'est-ce qui ne va pas, détective ? Vous vouliez jouer et maintenant vous n'aimez pas les règles ?" Le cadre s'inclina encore une fois, l'abaissant de quelques centimètres et elle sut ce qui allait suivre. « Eh bien, pourquoi ne pas commencer la fête ? » Elle sentit ses doigts sur sa chatte sèche. "Préparez-vous, détective. Je suis sur le point de vous éventrer."

Burton sentit sa poussée et entendit son cri sans mot. Ses mains quittèrent son corps et il sortit de sa chatte, emportant la cage avec lui. Toujours les yeux bandés, elle ne pouvait qu'imaginer ce que serait la scène : du sang rouge coulant le long de ses jambes alors qu'il bouillonnait de deux trous dans la tête de sa bite, deux trous qui avaient été percés dans sa chair par deux pôles d'argent attachés à une cage d'argent. qui rentre dans sa chatte. Les barbes à sa base lui assureraient de saigner abondamment s'il essayait de l'enlever.

« Espèce de salope ! Il cria quelque part derrière elle. "Qu'est-ce que tu m'as fait putain ?" Elle a tiré sur ses bras et ses jambes et n'a toujours pas trouvé de libération. « Espèce de salope !

L'inspecteur Clarice Burton était suspendu au cadre, sanglotant toujours, non pas de peur mais de soulagement. C'était fini. Maintenant, elle n'avait plus qu'à attendre la balise pour apporter de l'aide. Acosta et Stevens entreraient bientôt par effraction. Elle n'aurait qu'à subir les blagues du bureau d'être retrouvée nue. Tout était fini maintenant.

CHAPITRE XII

"Clarice ! Clarice !"

Elle entendit la voix de Stevens mais elle était trop engourdie pour bouger. Ses bras étaient comme du plomb et elle était étourdie par le sang qui s'accumulait dans sa tête. Les attaches en cuir tombèrent, une par une, et on l'aida à se relever, seulement pour constater qu'elle ne pouvait pas se tenir debout. Des bras puissants la portèrent jusqu'à un endroit où elle fut allongée et recouverte de quelque chose. Quelques minutes plus tard, le bandeau a été retiré, les ventouses s'envolant remplies d'un mélange de sa sueur et de ses larmes.

Elle cligna des yeux contre la forte lumière, réagissant comme quelqu'un qui avait regardé dans une ampoule flash et était momentanément aveuglé. Quelqu'un passa un chiffon froid sur ses yeux, nettoyant les détritus et elle leva une main pour les frotter, clignant toujours furieusement des yeux. Quelques minutes de plus et sa vue s'était suffisamment éclaircie pour que le visage de John devienne net, son expression inestimable.

"John, est-ce la peur que je vois ?"

"Est-ce que vous allez bien ?"

« Oui, je vais bien. Où est Acosta ?

Stevens déglutit, ses yeux se déplaçant vers un point sur le sol. "Il est là-bas."

Les mots n'ont pas pénétré jusqu'à ce qu'elle voie le corps, puis l'incrédulité a assombri son esprit. Son partenaire, son collègue le plus proche était allongé sur le sol, une mare de sang étalée comme une couverture sous lui. La cage était à quelques centimètres de sa main, ses pointes barbelées enfilées de chair gélatineuse. "Tony ?"

Le détective Stevens posa ses mains sur les épaules de Burton, sa voix basse alors que d'autres officiers affluaient dans la pièce. "C'était Acosta, Clarence. C'était Jack."

"Il n'aurait pas pu l'être. Comment..."

"J'ai reçu un appel plus tôt aujourd'hui du Dr Jonathan Herbert. Il a dit qu'il avait traité Acosta pendant les dix dernières années et que Jack était l'une de ses personnalités manifestées."

"Pourquoi ne nous a-t-il pas contactés avant ?"

"Apparemment, il était à Baltimore lors d'une convention. Il n'est revenu que ce matin et a rattrapé sa lecture. C'est alors qu'il a découvert que c'était Acosta."

Un tremblement a commencé au plus profond de Burton qu'elle n'a pas pu arrêter et elle s'est effondrée en larmes dans les bras de Stevens. Elle avait frôlé la mort. Ce n'était pas ce qui l'effrayait le plus. C'était que tout ce temps, Acosta avait été si proche d'elle.

"Sortez-moi d'ici, John. S'il vous plaît. Ramenez-moi à la maison."

* * *

Les jours suivants ont été remplis de plus d'activité que Burton ne pouvait en gérer. Tous les médias voulaient parler au détective coriace qui avait attrapé le tueur de « Jack l'éventreur », mais elle ne voulait rien avoir à faire avec ça. Elle s'est retirée dans sa maison, passant du temps devant le mur de tableaux en liège et pleurant de manière incontrôlable. Elle avait failli les décevoir. Elle avait été tellement plongée dans son travail, dans sa recherche de ce tueur qu'elle en avait oublié de vivre. Était-ce ce qu'Angie aurait voulu pour sa mère, se couper de la civilisation ?

Quatre jours après le meurtre, elle a reçu l'ordre de se rendre au bureau du commissaire pour donner un briefing complet et est sortie de l'expérience en se sentant épuisée. Le chef de la police lui a conseillé de prendre quelques jours de vacances pour rassembler ses pensées et elle a accepté, encore trop émotionnellement brute du briefing pour protester. En passant devant le bureau du détective, elle s'arrêta pour regarder à l'intérieur et vit ce dont elle avait tant envie de faire partie. Stevens, Andreotti et quelques autres gars étaient entassés autour d'un bureau, plaisantant et riant ensemble.

Elle ne pouvait pas s'en empêcher. Elle poussa la porte, pénétra dans l'espace ouvert et tous les yeux se tournèrent vers elle. Burton déglutit, se disant qu'elle vérifierait les messages sur son téléphone et partirait tout aussi silencieusement. Tout le monde la regarda alors qu'elle passait devant, boitant légèrement à cause des blessures du fouet qui guérissaient, observant silencieusement sa force silencieuse. Le premier coup la figea dans son élan et elle se retourna pour voir Stevens debout et l'applaudissant. Andreotti et les autres se sont joints en quelques instants, chaque détective était debout et applaudissait le courage du détective Clarice Burton.

Elle se dirigea vers son bureau et vérifia ses messages, essuyant furieusement ses larmes tout en griffonnant des informations. Alors qu'elle raccrochait le téléphone, elle remarqua un petit paquet dans le coin et le déballa lentement. À l'intérieur se trouvait la cage vaginale en argent, ses dents intactes, sauf qu'elles perçaient un modèle de jouet de Jack l'Éventreur. Une petite note attachée en bas disait : Bienvenue dans la jungle. Pour une raison étrange, les mots lui firent monter les larmes aux yeux et elle comprit ce que disaient ses collègues. Elle a toujours été l'une d'entre elles et elle était spéciale pour l'équipe d'une manière qu'ils ne l'étaient pas. Leur masculinité ne pouvait pas leur permettre d'admettre leur amour pour elle mais ils lui faisaient savoir qu'elle était aimée.

La détective Burton se moucha, redressa son bureau et sortit, soulagée de constater que la salle de détective était revenue à la normale, que les gens répondaient aux appels, remplissaient des papiers et parlaient de cas. Elle s'arrêta au bureau où se trouvaient les gars. "Tu me dois le déjeuner."

"Quoi?" dit Andreotti en regardant ses collègues détectives.

"Je connais l'exercice. Résolvez une affaire, l'équipe vous offre le déjeuner, n'est-ce pas ?"

Stevens a ri. "Oui c'est vrai."

"Bien. Chacun de vous me doit un déjeuner."

Burton est sortie de la pièce, un sourire sur son visage et un feu dans son cœur. Je vais vivre, Angie. je vais vivre.

FINIR

65

* 9 7 9 8 2 2 3 5 8 9 5 8 7 *